U0131501

用天賦異稟征服主人

●●contents●●

用天賦異稟征服主人　　　　　01

連深處都很舒服　　　　　　　65

深處大開　　　　　　　　　　97

Sweet 意外　　　　　　　　　121

加筆　附贈漫畫　　　　　　　153

●●●●●●●●

Presented by PIYOKO CHITOSE

大きなモノとご主人様

用天賦異稟征服主人

這是我最愛的爺爺委託我的工作，

好冷！你還不快點去升火！

我就先試試吧。

啊？

你⋯⋯該不會是想叫本少爺做這些木匠工作吧？

不好意思⋯⋯儲藏室在下雨時漏水漏得很嚴重。

啊——沒事、沒事，我來就好了。

艾爾先生，你不是要來幫助別人嗎？現在正是好機會。

什麼？

哼⋯哼！只是因為你太無能罷了吧。

好了，我們快開始吧。

好、好的。

什麼？你也要沖澡嗎？

辛苦你們了，要沖個澡再走嗎？

呼——修理得很漂亮呢。

喔喔，妳還蠻貼心的嘛。

那當然，我也要洗啊。

呵呵…你還是第一次叫我的名字呢。

…你不要講這些無聊話，好好休息吧。等風雨比較小一點之後，我再去找醫生來。

爺爺這樣跟我說過，你其實也有體貼的一面…

爺爺說的果然沒錯…

喂…你？

呼呼

哼…是喔…要是你因為救我而死的話，會讓我內心過不去。

用天賦異稟征服主人

大きなモノとご主人様

麻煩到最近的車站就可以了。

咦……那……那是……飯店……啦……

喂！那是什麼？

我要住那邊。

住城堡才配得上我的身分。

喂！司機，我要去那座城堡！

先等等！艾爾先生！

啊？

他好像是這樣想的——

你不要搞錯了！你只不過是我的下人而已！

雖然我們做過好幾次那種事……

雖然現在在被流放，但只要回去之後，他還是領主。

這樣一來……我對他就不是必要存在的人了……

……

我，

喜歡他。

雖然我很擔心他能不能聽得懂。

至少要讓他知道我的心意。

總之，得趕快辦完事情，好回去找艾爾先生才行！

喔？

日本的飯店⋯⋯原來有在賣一些奇奇怪怪的東西呀！

還蠻激烈的⋯

對喔！說到這裡，他也是⋯

啊嗯⋯

啊

啊

電視放的片子也都是這些⋯

日本人都這麼精力旺盛嗎？

用天賦異稟征服主人
The end

想想⋯當時我們都玩在一起呢!

對了⋯孝太郎,我⋯

嗨!讓你久等了。

那就換我來接手看診吧!

好、好的。

你放輕鬆一點,我要做觸診。

咦……？

那麼，還會痛的地方，我用電療法來幫你治療。

我會再幫你預約明天，記得回診喔。

院長醫生。

謝謝。

後來——

我大概連續回診了一個禮拜。

對院長醫生他……

我越來越在意……

連深處都很舒服
The end

深處大開

なか まで 開いて

Nakamade Hiraite

你們不是要去研修，

我跟去這樣方便嗎？

嗯嗯⋯⋯反正要去的地方是我的別墅。

也只有我和伊澄醫生兩人而已。

不過說起來，

院長醫生好厲害喔，竟然有這麼大的別墅。

……

阿浩，你怎麼了？看起來很沒精神的樣子。

…我沒事。

可以跟院長一起來，你很開心吧！

阿浩…

別說我了，你先去泡澡吧。

我⋯願意死心。

⋯不!

阿浩!

但我想一直跟他在一起⋯⋯

我對阿浩——

阿浩⋯

阿浩！

阿浩⋯⋯一直以來

雖然我們是朋友——

我不要啊！

來做吧。

對不起，我…

沒關係、沒關係，這沒什麼好在意的。

只要你願意繼續陪我們研修的話。

喂！

不、不行啦！院長！

我不會再讓你對孝太郎下手了。

是嗎…不知花村先生是怎麼想的呢——

那、那個我…

孝太郎！

深處大開

The end

Sweet 意外

Sweet
あくしでんと

啊⋯沒有啦。

怎麼了嗎？

有什麼問題呢？

檢察官⋯還沒好嗎？

嗯嗯⋯我要再去現場看過一次。

我只是想說，會不會趕不上末班電車——

你別擔心。

當研習生就不能去打工。

喔喔⋯這樣啊⋯你不在這附近租房子嗎？

因為我家住很遠⋯

我沒有那麼多錢啦！

來不及趕上末班車的話，可以來我家睡。

咦…

住個一晚沒問題的…走吧。

住津秋檢察官的家——？

好、好的！

糟糕！怎麼覺得…

開始緊張起來了。

檢、檢察官！

反正回家也只是睡個覺。

不…可是…

這是怎麼回事呀！

嗯？

屋子凌亂

太離譜了。

這太離譜了…

愛乾淨

你就隨便找個地方睡吧。

你、你要我睡哪啊？

檢…檢察官。

我…我可以幫你打掃嗎？

那就隨我高興囉！

隨便你，我要睡了。

在工作上的他…明明那麼完美，為什麼會這樣…

太慘了吧──！

不要在那邊發呆，給我集中精神工作。

是。

是津秋檢察官。

他今天也好帥！

結果我一直打掃到天亮…更何況，根本就沒地方可以讓我睡。

該怎麼說⋯

嘻嘻

沒想到這樣的津秋檢察官會住在那種房子裡⋯

任誰都沒想到吧。

那⋯那個⋯檢察官。

今天晚上⋯我還可以去你家嗎？

還剩一點點⋯我想打掃完。

⋯喔喔⋯

是可以啦。

你……你怎麼會來……

這裡是地下室嗎……

還有，我當然是來調查現場的。

你……

我有點擔心你是不是很沮喪。

檢察官……

咦……那個你該不會是對我……

那、那個！檢察官！

先別說這些了！我們快去找出口。

……

我⋯喜歡你。

但是⋯我一直在想檢察官你的事⋯

這樣的話，就無法勝任這份工作吧。

所以⋯我就不繼續留在你這邊實習了——

這樣很困擾耶。

咦！

要是你走了，我會傷腦筋的。

所以⋯

我以後會認真和集中精神在工作上！

我想和你交往！

枝折，你、你先冷靜點！

除了那些情況以外，我整個腦子都是你。

才剛交往就要做這種事⋯嗎？

會痛嗎?

嗯嗯!

不…會。

可是…

啊!

怎…怎麼回事!

這…是…

嗯!

喔喔⋯那你就再幫我收拾乾淨吧。

我只不過幾天沒來而已，你房裡就又跟原來一樣亂！

還好有你在，我才可以專心工作。

跟人交往原來是一件這麼好的事。

啥？

嗯嗯，我當然知道⋯那我要去睡了，你就自己來吧。

檢⋯檢察官，你明白交往的意思是什麼嗎？

晚安

檢察官！

Sweet 意外
The End

封面的插圖是我
前一陣子所畫的作品，
所以在那道欄杆下面
是什麼情景呢？
當我想到時才發現
其實已經畫出來了
…不過我實在不
敢拿給大家看
，真遺憾

艾爾先生
出身於名門，
我卻沒有幫他畫得
帥一點，所以
現在幫他重畫。

這是我很喜歡的角色，
希望將來私底下
還可以拿出來畫
就好了♥

謝謝大家。

用天賦異稟征服主人

BW0140001 C2P160

用天賦異稟征服主人

原名：大きなモノとご主人様

- ■作　　者　　千歲ぴよこ
- ■譯　　者　　蔡妃甯
- ■審核編輯　　易冬珍
- ■美　　編　　王琦
- ■發 行 人　　范萬楠
- ■發 行 所　　東立出版社有限公司
- ■東立網址　　http://www.tongli.com.tw
  - 台北市承德路二段81號10樓
  - ☎ (02)25587277　　FAX(02)25587296
- ■香港公司　　東立出版集團有限公司
- ■社　　址　　香港北角渣華道321號
  - 柯達大廈第二期1207室
  - ☎ 23862312　　FAX 23618806
- ■劃撥帳號　　1085042-7（東立出版社有限公司）
- ■劃撥專線　　(02)25587277 總機0
- ■印　　刷　　絃億彩色印刷有限公司
- ■裝　　訂　　智盛裝訂股份有限公司
- ■2019年7月10日第1刷發行

日本海王社正式授權中文版

（ookina mono to goshujinsama）© PIYOKO CHITOSE 2018
All rights reserved
First published in Japan in 2018 by KAIOHSHA Ltd., Tokyo.
Chinese version published by Tong Li under licence from KAIOHSHA Ltd.